Disney

7 Histoires pour la semaine

Spécial Noël

hachette
JEUNESSE

Winnie l'Ourson, d'après l'oeuvre originale
Winnie the Pooh de A. A. Milne et E. H. Shepard.

Responsable éditoriale : Adélaïde Lebuy
Responsable artistique : Pauline Ortlieb
Édition : Stéphanie Go
Mise en page : Ying Xu
Fabrication : Marine Wiplier

★SOMMAIRE★

Disney

Bambi

LUNDI

UN ARBRE DE NOËL MERVEILLEUX

Un matin, Bambi est surpris de découvrir qu'un épais tapis blanc a recouvert la forêt.

– Qu'est-ce que c'est ? demande-t-il à sa maman.

– De la neige. Cela veut dire que l'hiver est là.

Lorsque Bambi marche, il sent les cristaux de glace craquer sous ses sabots.

– J'aime la neige, déclare-t-il en admirant les traces qu'il a laissées.

– C'est joli, mais l'hiver est une saison difficile, le prévient la biche.

À cet instant, Panpan, le petit lapin, vient chercher son ami.

– Viens, on va faire des glissades ! s'écrie-t-il joyeusement.

Ravi, Bambi le suit jusqu'à l'étang gelé.

Fleur la mouffette rejoint ses deux amis.
– Tu viens faire des glissades avec nous ? propose Bambi.
– Non, merci, je vais aller dormir tout l'hiver, répond Fleur. Au revoir, Bambi !

Bambi aperçoit alors son ami l'écureuil dans un arbre.

– Tu veux venir faire des glissades avec moi ? demande le faon.

– Merci, mais je ne vais pas pouvoir aujourd'hui, Bambi, je dois stocker des noisettes pour l'hiver, dit l'écureuil.

– À ton tour, Bambi ! l'appelle Panpan.

Le petit lapin a été rejoint par ses sœurs qui tourbillonnent sur la glace.

Le faon s'élance avec hâte, mais perd aussitôt l'équilibre ! Malgré ses efforts, Bambi a du mal à se relever et décide de quitter l'étang gelé en saluant ses amis.

– J'ai faim, annonce-t-il, en rejoignant sa mère. La biche fouille dans la neige jusqu'à dégager quelques brins d'herbe que Bambi s'empresse de brouter.

Après ce maigre repas, le faon se réfugie contre sa mère pour trouver un peu de chaleur.

– Tu verras, l'hiver ne dure pas éternellement, le rassure-t-elle.

Cependant, un matin, Panpan vient leur annoncer une nouvelle extraordinaire.

– Venez voir ! s'écrie-t-il.

Il les conduit jusqu'à un sapin qui ne ressemble à aucun autre de la forêt.

Ses branches sont chargées de guirlandes et de pommes. Il y a même une étoile au sommet ! Bambi n'a jamais rien vu d'aussi beau.

– Qu'est-ce que c'est, maman ? s'enquiert-il.

– Un arbre de Noël.

– Qui l'a laissé là ? demande Bambi.

– Je l'ignore, répond-elle.

– Sans doute quelqu'un qui aime les animaux, suppose Panpan.

– C'est le plus beau cadeau de Noël que j'aie jamais eu, s'exclame Bambi.

Cet arbre est un festin pour le peuple de la forêt ! L'hiver est peut-être difficile, mais c'est aussi une saison merveilleuse. Bambi et Panpan fêtent ça joyeusement en dansant autour de l'arbre.

Daisy
Daisy
for Daisy
to Daisy
to Daisy

Disney

MICKEY ET SES AMIS

MARDI

L'ASSISTANT DU PÈRE NOËL

En cette veille de Noël, Mickey et Pluto dorment paisiblement quand, soudain, ils sont réveillés par des éternuements provenant de l'extérieur. À leur grand étonnement, le Père Noël en personne se tient dans le jardin, accompagné de ses rennes.

Aussitôt, Mickey enfile sa robe de chambre et déboule dans le jardin, suivi de Pluto.

– Tout va bien, Père Noël ? s'inquiète Mickey.

– Je n'en peux plus. Mes rennes et moi sommes enrhumés. Nous devrions être au lit, mais il reste des cadeaux à distribuer.

– Et si nous nous en chargions, Pluto et moi ? lui propose aimablement Mickey.

– Quelle bonne idée, répond le Père Noël avec soulagement. Prenez ce sac rouge et suivez cette liste. La magie de Noël vous guidera.

Mickey va voir l'énorme sac de cadeaux ; ce dernier est aussi léger qu'une plume.

– C'est la magie de Noël !

Leur luge décolle alors dans les airs et ils atteignent leur première destination.

Mickey et Pluto se trouvent à présent sur le toit de la maison de Daisy.

– Comment vais-je faire pour entrer ? réfléchit Mickey en mettant le sac sur son épaule. Le Père Noël passe par la cheminée, je vais faire pareil.

Mais, en se penchant au-dessus de la cheminée, il perd l'équilibre et glisse dans le conduit ! Il atterrit alors dans le salon dans un nuage de suie !

– Je manque d'expérience, gémit-il.

Il dépose les cadeaux pour Daisy, et voit des biscuits laissés à l'intention du Père Noël.
Il mange tout et remonte en un éclair. Il se rend soudain compte qu'il a oublié de les partager avec Pluto.

– Tu en auras dans la prochaine maison, promet-il.

Chez Dingo, Pluto vient avec lui et se jette sur les biscuits, renversant le sapin au passage.

Ils tentent tous deux de le redresser.

– Dingo sera tellement heureux d'ouvrir ses cadeaux qu'il ne remarquera rien, déclare Mickey, tout en disposant les paquets au pied du sapin et dans la chaussette.

Chez Minnie, Mickey dépose les cadeaux et remplit la chaussette de bonbons. Il voit une assiette de biscuits, en prend un pour lui et un pour Pluto, cette fois.

Chez Donald, Mickey sort les cadeaux du sac et s'aperçoit qu'il en manque un. Il cherche partout dans le salon, quand il entend soudain des pas.

Donald est réveillé ! Heureusement, la magie de Noël protège Mickey et lui permet d'être invisible. En un clin d'œil, il retourne sur le toit.

– Quelle nuit ! Rentrons...

Le lendemain, les amis se retrouvent et chacun raconte l'étrange réveil qu'il a vécu :
Daisy avait de la suie dans son salon, Dingo a retrouvé son sapin de travers et Donald a été réveillé par un bruit. Quant à Minnie, elle avait un cadeau destiné à Donald !

Mickey reste silencieux, avant de voir un cadeau au pied de son sapin : une boule à neige dans laquelle on voit le Père Noël, Pluto et lui sur un traîneau.

– Le Père Noël n'était pas lui-même cette année, dit-il en échangeant un clin d'œil avec Pluto.

Pooh

Disney
Winnie l'Ourson

MERCREDI

JOYEUX NOËL, WINNIE !

C'est la veille de Noël, et Winnie est préoccupé :
– Il me manque quelque chose, mais quoi ? J'ai un sapin, des bougies, des décorations...
Soudain, on frappe à la porte.

Winnie ouvre et découvre un petit bonhomme de neige frissonnant.

– Bonjour, puis-je entrer ?

– Bien sûr !

Il installe l'étrange invité devant le feu.

Une fois la neige fondue, Porcinet, son meilleur ami, apparaît !

– C'est toi ! s'exclame alors Winnie.

Maintenant qu'il n'est plus frigorifié, Porcinet admire le sapin de son ami.

– Est-ce que tu vas faire une guirlande en grains de pop-corn pour le décorer ? lui demande-t-il.

– J'y ai pensé, admet Winnie. J'avais du pop-corn et une ficelle... Seulement, j'ai mangé tout le pop-corn.

R. SANDERS
RNIG
ALSO

– Ça ne fait rien, dit Porcinet. On n'a qu'à utiliser la ficelle pour attacher l'emballage des cadeaux que tu vas offrir.
– Les cadeaux ! Je les ai oubliés ! s'affole-t-il.
Essayant de ne pas montrer sa déception, Porcinet rentre chez lui.
– À tout à l'heure, Winnie, j'ai encore des choses à faire avant Noël, dit-il en évitant de croiser le regard de son ami.

Pour résoudre son problème de cadeaux, Winnie va demander de l'aide à son ami, Jean-Christophe. Sa maison est si joliment décorée que le plus étourdi des oursons en oublie la raison de sa venue.

– Pourquoi sont-elles accrochées ici ? demande-t-il en désignant les chaussettes suspendues à la cheminée.

– Elles vont recevoir les cadeaux de Noël !

Winnie se rappelle enfin qu'il n'a pas de chaussettes, ni de cadeaux ! Jean-Christophe lui offre alors des chaussettes pour ses amis et Winnie se dépêche de rentrer chez lui.

Il écrit « De la part de Winnie » sur des étiquettes qu'il accroche à chaque chaussette. Puis il les dépose chez ses amis. Il réfléchit ensuite aux cadeaux à offrir, et finit par s'endormir.

Au matin, Winnie est réveillé par des coups à sa porte. Tout endormi, il va ouvrir.

– Joyeux Noël, Winnie l'Ourson ! s'exclament en chœur ses amis.

Alors que Winnie commence à s'excuser de ne pas avoir de cadeaux à leur offrir, tous ses amis se mettent à le remercier, lui !

Bonnet, écharpe, sac de couchage, étui à carotte… tous sont ravis de leur présent si spécial.

– Comment est-ce possible ? s'interroge Winnie.

– Cela s’appelle Noël, tout simplement, explique Tigrou.

À présent, chacun offre son cadeau à Winnie. Il reçoit de nombreux pots emplis d'un savoureux miel bien sucré.

– Noël est une fête merveilleuse ! se réjouit-il, entouré de ses amis.

Disney

Raiponce

JEUDI

LES FANTÔMES DES NOËLS PASSÉS

Enfermée depuis toujours dans la tour de Mère Gothel, Raiponce s'apprête à vivre son premier Noël avec ses parents.

– Je ne comprends pas pourquoi tout le monde a l'air si joyeux, confie-t-elle à Flynn.

– Mais parce que Noël est une fête merveilleuse ! lui répond le jeune homme.

– Merveilleuse ? Terrifiante, tu veux dire !

– À quoi ressemblaient tes Noëls avec Mère Gothel ? demande Flynn.

– Il y avait tous ces chants sinistres, à vous glacer le sang… Et l'histoire du méchant Elfe de Noël, qui se glisse dans les chambres des enfants et leur vole leurs jouets. Il me terrifiait !

– Encore des mensonges de Mère Gothel pour que tu redoutes le monde extérieur ! s'énerve Flynn. Je vais te montrer ce qu'est vraiment Noël…

Il guide Raiponce dans les rues de Corona jusqu'à ce qu'ils croisent un chœur d'enfants.

– Ce sont vraiment des chants de Noël ? s'étonne Raiponce. C'est magnifique !

À cet instant, un petit garçon court vers elle en lui tendant un paquet joliment emballé.

– Joyeux Noël, Princesse ! s'exclame-t-il.

Au lieu de prendre le cadeau, Raiponce se réfugie derrière le muret le plus proche.

– Baissez-vous ! crie-t-elle.

– Ce n'est pas un piège, la rassure Flynn. Tu peux l'ouvrir sans crainte.

– Il ne va pas exploser ? C'est ce que font les cadeaux de Noël...

– Encore un mensonge de Mère Gothel, se désole Flynn.

Rassurée, Raiponce ouvre le paquet et découvre une ravissante couronne de houx qu'elle pose sur sa tête.

– Merci beaucoup, dit-elle au petit garçon.

Flynn l'entraîne ensuite sur la place principale où se dresse un grand sapin. Les habitants s'affairent à le décorer de boules et de rubans.

– Ce n'est pas avec ça qu'on pourra éloigner l'Elfe de Noël, remarque Raiponce.

– Ces ornements sont là pour embellir le sapin, rien de plus, lui explique Flynn. Laisse-moi te raconter une autre histoire...

Ils reviennent au château, où Flynn lit à Raiponce plusieurs livres consacrés à Noël :

– Voici le Père Noël, déclare-t-il en désignant l'image d'un vieil homme souriant et barbu. Il voyage dans le monde entier pour apporter des cadeaux à tous les enfants.

– Finalement, j'ai très envie de fêter Noël cette année, admet Raiponce.
Pascal est tout à fait d'accord.

Pendant des jours, Raiponce rattrape son retard sur Noël, profitant de tout ce que cette magnifique période de l'année a à offrir. Elle commence par préparer de délicieux cookies avec l'aide des cuisiniers.

Puis, elle décore le château dans les moindres recoins avec des guirlandes et des rubans. Enfin, elle fabrique et emballe des cadeaux pour toute sa famille. Elle a tellement hâte de les leur offrir !

La veille de Noël, le roi fait un discours :
– Maintenant que notre famille est enfin réunie, cette fête sera toujours joyeuse !
Plus tard, Raiponce prend Flynn à part :
– Merci de m'avoir fait découvrir ce qu'est un véritable Noël.
– C'est moi qui te remercie. Quand j'étais petit, j'ignorais moi aussi ce qu'était un Noël heureux. À présent, grâce à toi, je le sais.

Disney

Peter Pan

VENDREDI

UN NOËL AU PAYS IMAGINAIRE

– J'adore le Pays Imaginaire, dit Wendy, mais c'est bientôt Noël et je ne veux pas manquer ça !
– Noël ? s'étonne Peter Pan. Qu'est-ce que c'est ?
– C'est le meilleur moment de l'année, dit Wendy. On décore et on illumine des sapins !
– Il y a aussi des cadeaux, ajoute Michel.
– Et des pétards ! s'écrie Jean.
– C'est surtout l'occasion de montrer à nos proches qu'ils comptent pour nous, précise Wendy.

Cela donne une idée à Peter.
– Prends cette corbeille. Je sais que tu adores les coquillages, et il y en a dans la Lagune aux Sirènes ! Dépêche-toi et tu en ramasseras quelques-uns avant la nuit.
Wendy accepte, surprise par cette proposition soudaine.

Peter réunit les Enfants Perdus, Jean, Michel et Clochette pour faire une surprise à Wendy.

– Cette année, Noël aura lieu au Pays Imaginaire !

Ils vont d'abord voir Lili la Tigresse.

– Nous avons besoin de cadeaux pour Noël, lui explique Peter. Il nous faudrait quelque chose de très spécial pour Wendy. Peux-tu nous aider ?

Elle montre à Peter comment faire un superbe collier pour Wendy, et le Chef apprend aux Enfants Perdus à fabriquer des pointes de flèche.

Peter les entraîne ensuite sur le bateau du Capitaine Crochet.

– Pourquoi sommes-nous ici ? demande Jean.

– Eh bien, ces pirates ne connaissent pas Noël... mais ils s'y connaissent en explosifs. On va leur chiper un peu de poudre à canon pour nos pétards !

Peter se faufile dans la réserve, remplit un sac de poudre, puis en jette une poignée au visage de Crochet, pour le faire éternuer !
– Merci, Capitaine ! lui crie Peter en s'éclipsant.

Ils réussissent même à rapporter un sapin dans leur repaire.

– Cet arbre n'a rien de particulier, s'agace Peter, déçu.

– C'est normal, on ne l'a pas encore décoré, lui explique Jean.

Les Enfants Perdus ornent alors les branches de glands, de pointes de flèche, de coquillages et de fleurs. Peter dépose cadeaux et pétards à son pied.

– Il faut l'illuminer, maintenant, dit-il.

Clochette et lui vont à la Lagune.

– La Lagune s'éclaire la nuit, dit Peter Pan aux sirènes. Pouvez-vous me prêter vos lanternes ?

– Ce sont des poissons qui brillent dans le noir, explique une sirène. Ils ont besoin d'eau pour respirer !

Peter ne se décourage pas et cherche une autre solution...

Clochette tinte comme elle peut pour attirer son attention, mais rien n'y fait.

Il appelle alors les Enfants Perdus :

– On va utiliser des lucioles pour éclairer notre sapin !

Tous se lancent à la chasse aux lucioles, qu'ils capturent dans leurs chapeaux. Ils les déposent sur les branches du sapin, mais les lucioles ne restent pas en place...

Peter ne sait plus quoi faire, il s'assoit, dépité :

– Noël est gâché, soupire-t-il.

Jean tente de le réconforter comme il peut.

Mais Clochette n'a pas dit son dernier mot.
Elle se place face à Peter en tintant de plus belle.
– C'est vrai, tu peux le faire ? Il fallait le dire plus tôt !

Wendy arrive quelques instants plus tard et trouve le repaire inhabituellement sombre. Clochette répand soudain de la Poussière de Fée sur le sapin et la lumière emplit la pièce.

– Surprise ! crient les Enfants Perdus. C'est Noël au Pays Imaginaire !

Disney

Pinocchio

★ SAMEDI ★

FIGARO FÊTE NOËL

– Papa, il neige ! s'exclame Pinocchio, émerveillé. Par la fenêtre, il regarde le village recouvert de blanc. C'est son premier hiver en tant que véritable petit garçon !

– Il est temps de préparer Noël, annonce Geppetto.

Figaro, le chat, attend aussi Noël avec impatience.

Geppetto et Pinocchio sortent acheter un sapin et décorent la maison.

Le soir, ils suspendent des chaussettes à la cheminée.

Figaro voudrait participer, mais il est si excité qu'il fait presque trébucher Geppetto.

– Attention ! le gronde alors le vieil homme.

Ils décorent le sapin et Pinocchio met l'étoile au sommet.

Geppetto commence à préparer le repas du réveillon : farce, pommes de terre, sauce aux airelles...

– Que ça sent bon ! se réjouit Pinocchio.

– Ce n'est pas encore l'heure de manger, dit Geppetto à Figaro, qui essaie de goûter l'oie.

Vexé, Figaro se réfugie sous le lit de Geppetto, où il découvre des cadeaux de Noël dissimulés… mais pas un seul n'est pour lui.

Dans la pièce d'à côté, le menuisier fait une annonce :

– Figaro, Cléo ! Soyez sages, on revient dans un instant.

Le chaton est outré. Déjà que son maître ne lui a pas fait de cadeau, voilà qu'il fait une sortie sans lui !

Puisqu'on le prive de Noël, personne d'autre n'en profitera. Dès que la porte s'est refermée sur Geppetto et Pinocchio, Figaro laisse éclater sa colère. Il déchire le papier d'emballage de tous les cadeaux.

Il fait le tour de l'atelier en arrachant les décorations puis il saute sur le sapin. Il passe de branche en branche pour projeter au sol les ornements que Pinocchio avait si soigneusement disposés.

« Ça leur apprendra à m'ignorer », se dit-il. Dans son bocal, Cléo le supplie d'arrêter ce gâchis, en vain.

Il entend alors la voix de Jiminy Criquet :

– La Fée Bleue n'est pas contente de ton comportement. Que vont ressentir Geppetto et Pinocchio quand ils verront ce que tu as fait ? Noël ne signifie donc rien pour toi ?

Figaro regarde autour de lui. Jiminy a raison.
– Il n'est pas trop tard, reprend Jiminy. Je vais t'aider.
Tous deux se mettent au travail et remballent les cadeaux.

En unissant leurs efforts, ils redonnent belle apparence au sapin avant de redécorer la pièce. Pris au jeu, Figaro ajoute sa touche personnelle.

Très vite, le salon brille de mille feux, aussi étincelant qu'une carte de Noël !

– Pas mal du tout, observe Jiminy avec satisfaction.

Dans son bocal, Cléo approuve en bondissant. Figaro se sent beaucoup mieux à présent.

Lorsque Geppetto et Pinocchio sont de retour, ils n'en croient pas leurs yeux.

Ils montrent alors à Figaro ce qu'ils étaient sortis acheter : de la crème fraîche, rien que pour lui ! Voilà pourquoi il n'y avait pas de cadeau à son nom.

Plus tard, ils partagent tous un délicieux repas, Figaro a le cœur empli de joie. Il a bien retenu la leçon : à Noël, on passe du temps en famille, et il n'y a rien de plus important !

Disney

ALICE
au pays des
MERVEILLES

DIMANCHE

UN CADEAU POUR LA REINE DE CŒUR !

Par un froid après-midi de décembre, Alice lit un livre, confortablement installée dans son salon, à côté d'une baie vitrée. Son petit chat ronronne à ses pieds.

À la fin de son chapitre, elle lève les yeux et regarde par la fenêtre
« On se croirait à Noël », se dit-elle.
Soudain, une silhouette bondit dans la neige.

Alice se lève pour mieux voir : c'est un lapin blanc avec une redingote.

– Je le reconnais, s'écrie-t-elle. C'est le Lapin Blanc du Pays des Merveilles !

– Perdu, il est perdu, se lamente le lapin.

Alice se lance à sa poursuite. Elle le rattrape au moment où il se faufile dans son terrier.

– Attendez ! l'arrête Alice. Que se passe-t-il ?

– J'ai égaré le cadeau de Noël de la Reine de Cœur, répond-il, affolé. Si je ne le retrouve pas, elle me coupera la tête.

En le suivant dans le terrier, Alice bascule dans le vide.

– Monsieur Lapin, attendez-moi ! crie-t-elle.

Elle se retrouve sur un chemin enneigé.

– Je l'ai perdu, gémit Alice.

Un sourire apparaît, puis le corps d'un chat rayé.

– Perdu quoi ?

– Le Lapin Blanc, dit Alice, il a perdu…

Le Chat de Cheshire s'efface progressivement tout en lui disant :

– Allez voir le Chapelier Fou !

C'est alors qu'Alice entend un chant étrange.

Tapissez les murs de gelée !

C'est le Chapelier Fou et le Lièvre de Mars.

– Ce sont des chansons de Joël.

– De Noël, plutôt, intervient Alice.

– Joël écrit les meilleurs chants de Noël.

Puis, avec un regard malicieux, le Chapelier Fou lui demande :

– Qui tient la tête au frais l'été et au chaud l'hiver ?

– Un chapeau, dit Alice, avant de poursuivre : Le Lapin Blanc a perdu le cadeau de la Reine ! Comment le retrouver ?

Le Chapelier Fou ôte alors son chapeau dont il sort une boîte. Le Lièvre de Mars la tend à Alice. Cette dernière reprend la route et finit par retrouver les traces du Lapin Blanc, qu'elle suit jusqu'au château.

Elle tombe alors sur les soldats de la Reine ! Les deux cartes à jouer l'arrêtent en lui montrant l'avis de recherche la concernant et la conduisent jusqu'à la salle du trône.

Elle aperçoit alors celui qu'elle cherchait.

– Je-je suis désolé, Votre Majesté, bredouille le Lapin Blanc. J'ai égaré votre cadeau...

– Qu'on lui coupe la tête ! hurle-t-elle.

– Non ! intervient Alice. J'ai retrouvé votre cadeau.

– Encore vous ! rugit la Reine. Qu'on lui coupe la tête !

– Ouvrez le cadeau, très chère, suggère le Roi.
La Reine est apparemment ravie et apaisée : elle tient dans sa main un minuscule et ravissant sapin de Noël !

Soudain, un sourire se dessine près d’Alice.
– Pourquoi ne pas s’éclipser ? propose la voix du Chat de Cheshire.
Alice se met à courir, glisse et se cogne la tête.
Tout s’obscurcit brutalement.

Quand elle rouvre les yeux, elle est dans son salon. En s'étirant, elle regarde par la fenêtre, et voit un bonhomme de neige. Il porte un chapeau qu'elle reconnaît et tient une tasse de thé. Elle n'a peut-être pas rêvé !

Édité par Hachette Livre – 58, rue Jean Bleuzen – 92178 Vanves Cedex
Imprimé par Macrolibros en Espagne – Achevé d'imprimer : septembre 2021
ISBN : 978-2-01-628787-3 – Édition : 02 – Dépôt légal : octobre 2020
Loi n°49-956 du 16 juillet 1949 sur les publications destinées à la jeunesse.

Pour tout renseignement concernant nos parutions, nous contacter par téléphone
au 01 43 92 38 88 ou par e-mail : disney@hachette-livre.fr